學生神探森仔

1 名偵探在身邊

那須 正幹／著　秦 好史郎／繪

新雅文化事業有限公司
www.sunya.com.hk

失蹤的洋娃娃

阿猛的白布鞋

開學了，青葉小學的森仔升上了二年級，班別和一年級一樣，依舊是一班，同學們也是同一班人。

森仔、阿猛和美莎幾人從新學期開始成為了飼育小組的成員，所以每天早上，他們要比平常早三十分鐘回學校，替魚缸換水。

進入學校時，大家都要換上

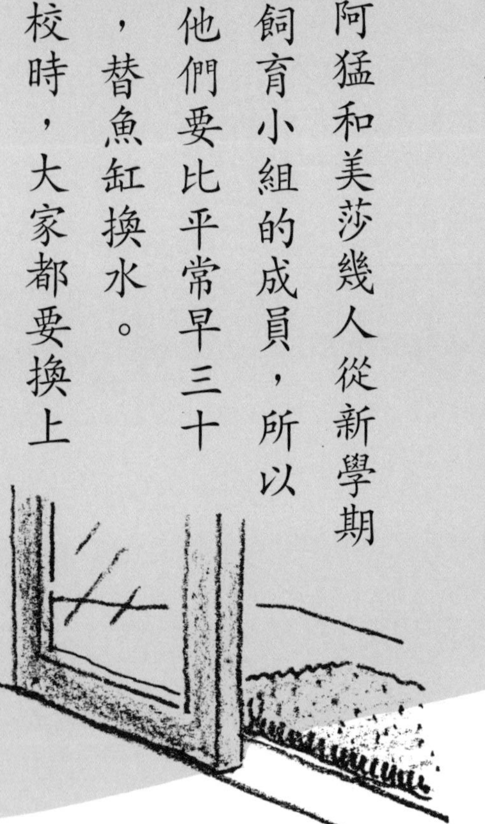

在校園內要穿的白布鞋。這個時間，學校裏還沒有太多學生，校門處鞋櫃的位置也非常安靜。

森仔正在換鞋的時候，阿猛大喊：

「咦？我的白布鞋不見了！」

森仔一看，阿猛的鞋櫃果然空空如也。

「是不是放錯鞋櫃了？」

美莎説罷，阿猛開始逐排檢查鞋櫃，森仔見狀也一起查看。因為白布鞋的鞋跟上寫着名字，一看就知道是誰的鞋子，所以很快就檢查完畢。

他們發現，除了阿猛的櫃子外，還有兩個櫃子也是空的。

因為每一格鞋櫃下面也寫着名字，所以他們一眼就看到，櫃子

是智紀和翔吾同學的。

如果他們已經回到學校的話，那麼鞋櫃應該放上他們在家裏穿過來的鞋子，但現在櫃子裏什麼都沒有，也就是說，他們的白布鞋也都不見了。

「你說是不是有人把鞋子藏起來了？」

美莎悄悄地說，邊說邊四周張望。

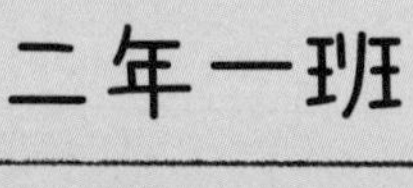
二年一班

學校以前也發生過藏起白布鞋作弄同學的事情。

「一定是有人在作弄我！不過，我升上二年級之後還沒跟人吵過架啊。」

阿猛為人有點粗魯，有時候會跟同學爭執。

不過現在才剛剛開學沒幾天，難道是一年級時發生過衝突的同學，將阿猛的白布鞋藏起來了？可是，那為什麼連智紀和翔吾的鞋子也都不見了呢？雖然他們看起來都有點囂張，但他們從不跟人吵架，也不會欺負人。

不過，他們三人一定有共通點的……

而且，如果白布鞋真的是被人藏起來的話，那應該是他們三個下課後，換了回家的鞋子之後發生的吧？

森仔慌忙從口袋裏拿出一塊毛巾質地的天藍色手帕，捂着自己的鼻子，大大地吸了一下，嗅着手帕的氣味。

這塊手帕，本來是一條普通的毛巾，森仔在嬰兒時期很喜歡吸啜這條毛巾，直到現在，他這個習慣還沒有戒掉，所以就將那條天藍色的毛巾做成了手帕，放在衣服口袋裏。

每次當他嗅聞這塊手帕時，他的頭腦就會變得清晰，推理能力也會倍增。靠着這塊手帕，他之前解決過很多難題。

森仔一邊嗅着手帕，一邊回想昨天下課後發生的事情。

昨天一大早就開始下雨，正午過後，太陽伯伯才露面。

下課後，森仔他們準備先將水桶裝上水，把水放在課室裏靜置一晚，因為經過沉澱的水對魚兒更好，等明天早上再替魚缸換水。

阿猛也是飼育小組的成員，可這時候他卻不見了，所以無可奈何之下，森仔只能跟美莎兩個人把水桶搬到課室。

做完後，他們準備回家，可剛走到鞋櫃附近，便聽見外面傳來了玩耍嬉戲的聲音。

沿着聲音的方向望去，他們看到阿猛、智紀和翔吾三個人在水窪上互相追逐。

「阿猛，你沒幫我們搬運水桶卻在這裏玩？」美莎生氣地喊道。

「抱歉抱歉，我忘了。」阿猛一邊說一邊繼續和智紀及翔吾打鬧。

「明天早上不要再忘記啦，要比平時早30分鐘到學校集合啊！」

聽到美莎這麼說，阿猛只是揚揚手。

平時總是三人一起回家，但因為阿猛顧着玩水，所以美莎和森仔兩個人就先走了。

阿猛之後又玩了多久就不得而知了，不過他的鞋子和襪子肯定都濕透了。

鞋子……

森仔突然想到了！

那時候，阿猛他們穿着的是家裏的鞋子嗎？說不定他們三個都是穿着白布鞋在水窪上玩。

六年

如果真的是穿着白布鞋的話，那鞋子一定全濕透了，不帶回家弄乾，第二天就穿不了。

「原來如此！」

森仔回頭對阿猛說：「阿猛，你昨天把白布鞋帶回家了吧？」

聽到森仔的問題，阿猛先是一臉訝異，然後雙手用力一拍說：

「啊，對了！我昨天把白布鞋帶回家了，然後交給了媽媽……」

「你忘了把鞋子帶回來了吧？」

聽到森仔這樣說，阿猛不好意思地搔了搔頭。

這時，阿猛的媽媽突然出現在校門前。

「阿猛你真是的，我都幫你把白布鞋洗好弄乾了，你竟然忘帶了啊！」

公園事件

森仔的真名，其實叫井上森木。

因為森仔從小就很擅長推理，幫大家解決過很多難題，所以大家都叫他神探森仔。阿猛和美莎都是他幼稚園就認識的好朋友。

「我想問，你為什麼會知道是阿猛自己忘了帶白布鞋？」美莎一臉驚奇地問道。

「因為我們查看鞋櫃的時候，發現智紀和翔吾的白布鞋也不見了，我就想他們三個有沒有共通點，然後就想起他們三個下課後在水窪上玩水。」

「我當時也看見了，他們三個都穿着白布鞋在上面玩，鞋子一定全濕透了……」美莎用力地點着頭說。

「雖然我也看到他們三個在水窪上玩，卻什麼

都沒想到，森仔你果然是個很厲害的偵探啊！」

「喂，快點換魚缸的水啦！」阿猛不想自己犯的錯被大家繼續議論，插嘴催促道。

魚缸的水換好了，缸內養着的青魚和泥鰍魚都愉快地游着。

這時，老師也剛好來到課室，森仔他們就向老師報告已經換過水了。

因為課室的水缸一星期需要換兩次水，所以老師說：「謝謝你們，接下來的星期五也拜托你們了。」

森仔和爸爸媽媽一家三口住在青葉街一號。

這一天，森仔回家時已經三點多了。他吃過茶點後，就到附近的公園玩。因為天氣很好，公園裏有許多小朋友，還有不少帶着小寶寶散步的媽媽。

在公園入口的長椅上坐着兩個叔叔，他們穿着同款式的運動外套，身旁立着一面寫有「保護孩子」的旗子。

這兩個叔叔因為擔心本區的孩子在公園玩時遇上

危險，所以每逢學校下課後，就會在公園的入口處守護來玩的孩子們。

他們這樣做，也是因為春假的時候有一個可疑的男人出現在這個公園，在周圍徘徊不去。大人和小朋友都十分憂心。

森仔跟兩個叔叔打過招呼後，就走進公園。來到沙池的時候，他發現美莎也在。

「森仔，不好了，出事了，我剛好想要去找你幫忙。」

「出事了？」

「對啊，她的洋娃娃不見了。」

美莎轉頭望向旁邊的小女孩。小女孩名字叫做未來，個子矮矮的，還沒上小學。她跟美莎一樣，住在公園旁的大廈裏。

「洋娃娃是什麼時候不見的？」

「就剛剛啊，我把它放在那裏。」未來指着沙池旁邊的長椅説。森仔看到長椅上還有一個放着家家酒玩具的籃子。

「我將它跟家家酒的玩具放在一起，當我再去找時，洋娃娃已經不見了。」

根據美莎的補充，她們是三點半左右來到公園，未來帶着家家酒玩具和洋娃娃。

她們先是在沙池一起玩家家酒，後來玩膩了，就把娃娃和玩具放在長椅上，跑去玩滑梯了。

大概過了三十分鐘，公園的大鐘響起了四時的音樂，她們想也是時候回家了，就返

回長椅，卻發現洋娃娃不見了，可是，它旁邊的家家酒玩具都還在。

「那個洋娃娃是什麼樣的？」聽到森仔的問題，未來張開雙手比畫：

「大概像這樣的大小，穿着紅色的衣服，黑色的鞋子。」

「那個娃娃雖然和嬰兒一樣大，但因為是布偶，所以很輕，身體和手腳都可以彎曲，可以讓它做出睡覺和萬歲的動作。未來總是抱着它。」

發現娃娃不見了之後，她們在公園內四處尋找，向在公園裏玩的其他小孩子打聽，也向大人打聽，但完全沒人看見過娃娃。

難道是有人喜歡娃娃所以就把它拿回家了嗎？這麼一想，她們便又到公園入口去問「保護孩子」的那兩個叔叔。

「是小女孩抱來的那個娃娃吧？叔叔也看見你們帶進來。如果有人帶着那麼大的娃娃離開，應該會立即發現的啊。也有可能是藏進大袋子中或裝進包裏帶走，可我也沒看見有人拿着那麼大的袋子或背包啊。」

兩個叔叔也歪着脖子，一副想不通的樣子。

「嗳嗳，森仔，求求你，幫未來找找洋娃娃吧！」

聽到美莎拜托森仔，未來也正經地鞠躬，小聲地說：

「求求你幫忙啊，哥哥。」

誰是犯人

神探森仔這次也頭痛了。

她們兩個將洋娃娃放在長椅上去玩滑梯的時候是三點半左右，到四點就發現洋娃娃不見了。就是説，洋娃娃是在這三十分鐘內失蹤的。

當然，要拿走洋娃娃，只要五分鐘就足夠了。可是，入口處的叔叔卻説沒看到有小孩子抱着這麼大的洋娃娃離開，也沒有看到大人拿着裝有洋娃娃的大袋子離開。

這時，美莎不經意地呢喃着：

「我們在滑梯玩的時候，有一個伯伯站在沙池的長椅旁邊，盯着未來的洋娃娃和家家酒玩具，我就擔心會不會被他拿走，所以有留意看着，但他很快就走開了，我也放下心來，不再盯着那邊。難道真的是那個伯伯偷了嗎？」

「那個伯伯是什麼樣子的？」

「唔……對了，他是拄着枴杖的，好像有點行動不便。」

如果是一個行動不便的伯伯抱着洋娃娃離開，那入口處的叔叔們一定會發現才對。

這個時候，未來小聲地說：

「有個婆婆也曾經坐在長椅上啊。」

「婆婆嗎……」

「對，一個穿着和服的婆婆，不時會來公園的。」

未來說道。

「我沒有察覺到啊，原來之前有個婆婆坐在長椅上嗎？」

美莎這樣説的時候，森仔想起來了。他到公園時，剛好見到一個婆婆離開。

現在天氣不冷，那個婆婆卻穿了一件夾棉的日式外套和長褲，可能未來以為那件日式外套就等於和服吧。婆婆雙手放在後面，彎着身子很慢很慢地走着。

「你説的那個婆婆我也有看到！」森仔邊説邊思考。

他立即從褲袋裏掏出天藍色的手

怕，拿到鼻子前，用力的嗅着。

「我知道了！美莎、未來，你們跟我來。」森仔說着，就向公園的入口處跑去。

「打擾了，請問一下，你們有看到一個穿着夾棉日式外套的婆婆嗎？她跟我擦身而過，我來的時候她剛離開公園。」

其中一個叔叔點點頭說：

「是上村婆婆吧？她每天這個時間都會來公園，她好像是想來活動一下雙腳的，不過如果她中途跌倒可就慘了，所以我們勸她不要再隨便亂走了。」

「婆婆是姓上村？她住在這附近吧？」

「對，就是街邊那家便利店後面的大屋。難道你們認為是婆婆拿走了洋娃娃？可是婆婆那時手裏沒拿着東西啊。」

在叔叔說完這句話之前，森仔已經跑出去了。

那家便利店距公園不足一百米，在便利店旁的道邊，有一座兩層高的大屋。

大門處泊着一輛車，一位嬸嬸正打開車門，看來

是正打算出門購物。

「請問是上村嬸嬸嗎？我們是來找婆婆的。」

聽到森仔這麼說，嬸嬸奇怪地說：

「婆婆在外面散步剛剛回家，現在正在午睡，你們找她有什麼事嗎？」

「是這樣的，婆婆在公園撿了這個女孩的洋娃娃帶回家了。」

聽了森仔的話，嬸嬸面色一沉，道：

「哎呀，她又撿東西回家了嗎？真令人頭痛啊。」

嬸嬸關上了車門，接着打開房子的大門，讓森仔他們三個進入玄關。

「你們在這裏等一下。」

嬸嬸把他們三個留在玄關，自己走進去。沒多久，她就抱着一個穿着紅色裙子的洋娃娃出來了。

「是我的瑪利啊！」未來驚喜地喊了一聲，接着就飛快地撲到洋娃娃身上。

「對不起啊，原來洋娃娃就放在婆婆身旁。我們家婆婆年輕時生過一個女兒，但女嬰出生沒多久就因病去世了，現在婆婆老了，看到

洋娃娃就會以為是自己的孩子，把洋娃娃揹回家。」

「婆婆把洋娃娃當成是小嬰兒嗎？」美莎一副難以置信的樣子說。

「是的，因為年紀大了，就會將以前和現在的事情搞混，也分不清是洋娃娃還是小嬰兒，所以啊，你們就原諒婆婆吧。」嬸嬸向他們鞠躬賠禮。

原來婆婆是因為這樣才會拿走洋娃娃，現在未來也順利地拿回洋娃娃了，所以，也就不要再生婆婆的氣了。

「不過啊，森仔你為什麼會覺得那個婆婆可疑？」離開上村嬸嬸的家，美莎邊走邊問。

「因為我也剛好遇到那個婆婆。我在想如果穿着那件夾棉外套，就算是揹着洋娃娃也不會有人察覺吧？而且，我看婆婆的行動緩慢，應該不會是從太遠的地方過來的，所以我就去問看守的叔叔婆婆是不是住在附近。」

「你這麼一說，我好像也可以推理出來似的。不過我卻完全沒想到這些，森仔你真的是個神探啊。」

美莎歎了一口氣。

抱着洋娃娃的未來突然大叫：

「不好了！家家酒玩具還放在公園裏！」

美莎也說：

「我們立即去拿吧！說不定這次輪到家家酒玩具被不知道什麼人拿走了。」

美莎和未來慌慌忙忙地跑起來。

森仔看着她們的背影，想起了在鄉間的婆婆。雖然婆婆現在還分得清洋娃娃和嬰兒，但等她再老一點的時候，就會像剛剛那個婆婆那樣嗎？

森仔想着想着，有點傷感起來。

流浪狗的秘密

晴心的危機

黃金周假期後，學校又開始上課了。

神探森仔跟同是二年一班的阿猛一起走路回校，走着走着，後面傳來「哇！」的叫聲。

二人回頭一看，一個身材高大、揹着皮書包的女生晃動着手提袋，向他們跑來。

女孩跑到森仔他們身邊說：

「拜托你們救救我啊！」

女孩邊說邊躲在森仔身後。

原來這個女孩是青葉小學三年級的山中晴心姐姐。她住在森仔家附近，所以有時也會和森仔他們一起回校。

「怎麼了，發生什麼事了晴心姐姐？」

「有隻流浪狗在追我啊！」

原來晴心身後，跟着一隻咖啡色的狗狗，狗狗看到森仔和阿猛就停下來了。這時候阿猛張開雙手大叫：

「你快走開！」

那隻狗好像嚇了一跳，有點不知所措，歪了一下脖子，慢慢沿着來的路退回去了。

「沒事了，晴心姐姐，我幫你把牠趕走了。」阿猛說。

晴心深深地呼了一口氣，道：

「謝謝你，阿猛。我很怕狗的，我小時候被狗咬過，之後見到狗都會害怕。」

「不用怕，剛剛那隻狗看來沒惡意。以後如果再有狗狗跟着你，不要突然奔跑，什麼也不要做，只要一副沒發現牠的樣子慢慢走就行了。」

其實，阿猛的家曾經有一隻名叫三太的老狗，雖然牠在去年秋天死了，但阿猛從嬰兒時期就已經跟三太在一塊玩，所以很了解狗的習性。

「那隻狗狗戴着項圈，應該是誰家的狗狗走失了吧？」

聽森仔這麼一說，阿猛回想着說：「真的啊，我都沒留意到。戴着項圈的話，就一定是有人養的啊。」

「如果是有主人的話，應該很乾淨吧？但那隻狗又瘦又髒啊。」晴心反駁說。

接下來，他們三人一起走着，一直走到學校，狗狗都沒再跟來了。

這一天黃昏，晴心打來電話。

「那隻狗在我下課回家的時候又來跟着我了，這一次還一直跟到我家門口。」

森仔問：

「牠有對你叫或咬你嗎？」

「沒有，牠只是一直跟着我。阿猛說只要不跑的話就會沒事，所以我慢慢的走着，不過我好害怕啊。」

說到這，晴心頓了一下又接着說：

「森仔，拜托你，明天可以來我家接我嗎？阿猛也會一起來的。」

第二天早上，森仔和阿猛一起到晴心家。

晴心家，是一幢面向大街的大廈。

晴心站在大廈的樓梯上，看到森仔他們，立即就走下來，然後查看道路的左右兩邊。

「沒事沒事，狗狗不在。」阿猛邊笑邊說。

去學校的途中，晴心也不時回頭看向後面，走着走着，晴心終於放心下來似的，說：

「你們和我一起走，那隻狗就不來

追着我了。」

發現阿猛和森仔在，狗狗就不會跟來，晴心就拜托森仔他們明天也來家裏接她。

差不多走到學校，晴心好像看見了朋友。

「謝謝你們了，明天也拜托啦！」晴心説着就跑開了。

第二天，森仔、阿猛和晴心也一起去學校，狗狗也沒有跟來。

「那隻狗狗是去了別的地方吧？」阿猛説。

晴心也放心下來，點頭說：「對啊，看起來已經安全了。」

可她接下來卻說：「不過啊，也不能百分百肯定吧？你們明天可以多陪我一天嗎？」

晴心雙手合十，拜托森仔他們。

狗狗喜歡的東西

第二天早上，森仔來到晴心家，發現美莎正站在阿猛身旁。美莎向森仔他們揮手，打了個招呼，大家都是青葉小學的學生，一早就認識了。

「我從阿猛那裏聽到晴心姐姐被流浪狗跟隨的事情。」美莎說着回頭望向晴心的家。

「那隻狗狗可能曾在我家後院出現過。」

「你家後院有狗狗？」

「是的，大約在五月初的時候，有一隻不知是不是叫柴犬的狗狗出現了。牠的毛是咖啡色的，尾巴彎彎的捲着，還有豎着的耳朵。」

「真的，很有可能是那隻狗。」

「不過，那隻狗狗不嚇人的。有一天，鄰居發現牠捲成一團睡在單車停車場，就給牠狗糧吃，牠大口大口

地吃起來，似乎肚子很餓啊。從那之後，牠好像就在單車停車場裏住下來了。因為牠很親人，所以大家都很喜歡牠。不過，因為牠是流浪狗，所以隨時會被政府動物管理部門的人抓走。這些都是我媽媽告訴我的。」

美莎說着說着，晴心就出現了。

「抱歉，讓你們久等了。咦？今天美莎也一起來了呀。」

「那我們就出發吧！」

阿猛站在最前面帶頭出發。而今天，狗狗也沒有出現。

當大家走到公園附近的時候，那頭咖啡色的狗狗竟然出現在公園旁的道路上，還慢慢靠近他們。而公園後面，正是美莎家。

看見狗狗後美莎率先開口道：

「什麼？原來真的是你。」

美莎蹲下來，摸摸狗狗的頭。

狗狗好像很開心似地搖着尾巴，舔着美莎的臉，十分親人。

森仔有點害怕地伸出手，狗狗也一起舔他的手。

「牠竟然這麼親人，一定是有人養的，是跟主人走散了吧？」阿猛邊摸着狗狗的頭，邊歎息着說。

然後，他回頭看着森仔說：

「你幫牠尋回主人吧，森仔！」

「對啊，你就像平時那樣推理一下，否則牠早晚會被政府動物管理部門的人抓走啊。」美莎也跟阿猛一起拜托森仔。

說要尋找狗狗的主人，可一點線索也沒有啊。森仔再次蹲在狗狗的身旁，仔細觀察牠的項圈。可是那個藍色的項圈上，什麼也沒有寫。如果寫着電話號碼之類的，也算有一點線索。

晴心不打算摸狗狗，她催促大家：

「不快點走的話，我們要遲到了。」

文

晴心說過後，立即跑起來。晴心一跑，狗狗就跟在晴心身旁跑起來，而且還不斷用鼻子湊近晴心的手提袋。

這麼一想，昨天、前天，晴心都沒帶手提袋，而狗狗也沒有出現。

「晴心姐姐，你的手提袋內有什麼東西？是不是放了零食之類的？」

聽到森仔這樣問，晴心提起袋子說：

「沒有啊，只放了上課要穿的體育服。」

「是只在有體育課的時候才會帶嗎？」

「對啊，只有星期一、二、五會帶。」

原來如此，因為昨天和前天都沒有體育課，所以晴心沒有帶手提袋；也就是說，狗狗只在晴心有帶手提袋的日子才會出現。

狗狗感興趣的，原來不是晴心本人，而是她帶着的手提袋嗎？那麼牠又為何會對手提袋有興趣呢？

「阿猛，你想想辦法趕走這隻狗吧，牠看來像是要跟着我們到學校啊。」

聽完晴心的話，阿猛在狗狗身上輕輕拍了一下，命令牠說：

「回去吧！」

話一說完，狗狗便向右轉身，沿着來時的路離開了。牠能夠聽得懂人類的指令，證明牠是隻很聰明的狗。

森仔一邊走，一邊仔細地觀察晴心的手提袋。那是一個藍色的布袋子，上面印有幾朵向日葵，雖然是個漂亮的袋子，看起來卻有些舊了。

美莎說：「晴心姐姐，你怎麼沒帶平時那個手提袋呀？就是上面印了卡通公仔的那個，那個袋子也很可愛啊。」

「那個嗎？我送給朋友了。應該這麼說，我們交換袋子了。」

這個手提袋不是晴心姐姐的，手提袋的主人，是晴心姐姐的朋友……

難道……

森仔慌忙從褲袋中拿出藍色的毛巾手帕，用力深吸一口氣，他一嗅到毛巾的氣味，頭腦就會變得清晰，推理能力也會增強。

「晴心姐姐，你們是什麼時候交換手提袋的？」

森仔問。

晴心回答說：

「就在春假開始之前。」

「那麼，在交換之前，這個袋子的主人就另有其人了。那個人，應該是從很遠的地方搬到這裏的轉校女生吧？」

「森仔，你怎麼知道的？對啊，露娜是春假的時候從墨市搬過來的。」

晴心一副驚訝的樣子回答說。

他們一邊走着，晴心一邊解釋，原來這位叫野口露娜的同學，是這學期轉校來的新同學，她剛好坐在晴心旁邊，所以她們很快就成為了好朋友，還交換了手提袋。

果然如森仔推理的一樣，這個手提袋的主人是從其他地方搬來的女生。

「晴心姐姐，我們快點去學校，你帶我見露娜姐姐！」──森仔說着就跑起來了。

手提袋的主人

走進三年一班的課室，晴心立即帶着一個女生走過來。

「她就是野口露娜了。呃……這位是神探森仔，還有阿猛和美莎，雖然他們是二年級的學生，不過都是我的朋友。」

露娜有雙深邃的眼睛，她一副難以置信的樣子，用那雙大眼睛打量着森仔。

「露娜姐姐以前養狗嗎？一隻咖啡色的柴犬。」

聽到森仔的話，露娜的眼睛睜得更加大了。

「你怎麼知道的？牠叫千郎，我在春假搬到這裏之前，一直跟牠在一起啊。」

這一次輪到美莎叫起來：

「那隻狗狗現在就住在我家大廈旁邊啊，雖然牠很瘦，不過還很健康。」

露娜越聽越不明所以，充滿疑問地看着大家。

「千郎應該跟爺爺他們住在我原來的家裏啊，我們原來住在墨市。本來我們也想帶牠一起搬過來的，但新家的大廈規定不能養狗，所以就把牠留在墨市的舊家裏。」

「我猜牠從你們舊家逃了出來，追蹤着露娜姐姐你們到這裏來了。」

「你是說真的嗎？可是從墨市開車過來最少也要兩個多小時啊，這麼遠的距離，只靠跑的話，牠是怎麼過來的？」

「我聽說狗狗的嗅覺很靈敏，所以不論有多遠，牠靠着氣味就可以追蹤到主人。你們應該經常會讓千郎坐你們的車子吧，牠一定記得車子的氣味。」阿猛說。

「露娜姐姐放學後要到我住的大廈來嗎？你一定會再見到千郎的。」美莎提議說。

露娜用力地點頭。

待今天的課堂結束，他們就帶着露娜來到美莎住的大廈。

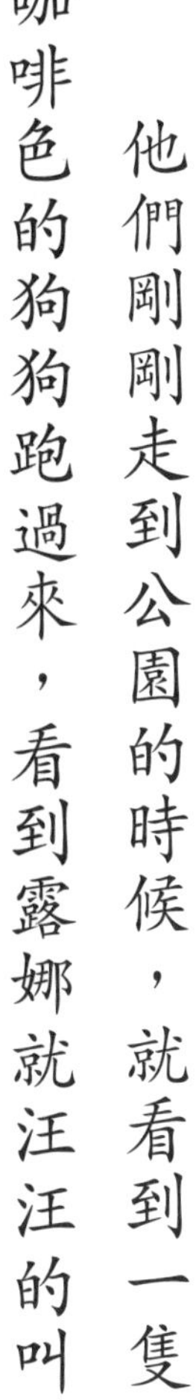

他們剛剛走到公園的時候，就看到一隻咖啡色的狗狗跑過來，看到露娜就汪汪的叫起來，撲向露娜。

「千郎！這不是千郎嗎！」

露娜用臉蹭着狗狗。

「森仔你真厲害啊，這麼快就找到狗狗的主人了。」阿猛回過頭對森仔說。

「狗狗為什麼會對晴心姐姐的手提袋有興趣？因為那個手提袋沾滿牠主人的氣味。我發現晴心姐姐那個手提袋不是全新的，所以就想應該是朋友送給晴心姐姐的，而那個人應該是這個學期才開始和晴心姐姐成為朋友的人。

另一方面，那隻狗狗出現在美莎的公寓時，已經很瘦弱了，代表牠是從很遠的地方出發，花了不少時間才來到這裏。也就是說，手提袋的主人，是一個最近從遠方搬過來的人，也就是轉校生了。」

「原來那隻狗不是跟着我，而是跟着手提袋。」

晴心有點失望地說。

那天晚上，露娜打電話到爺爺家裏，爺爺就告訴了她狗狗逃走的事情。

月初，爺爺帶千郎散步時，千郎逃脫了。

爺爺四處找千郎，還到動物管理部門查詢，但都找不到千郎。

「我在猶豫該不該告訴露娜你，千郎失蹤了，你一定很傷心……想着想着，就

錯過了告訴你的時機了。不過啊，千郎真的好厲害啊，竟然找到了你住的地區。」

聽爺爺所説，千郎是這學期剛剛開始時失蹤的，而牠出現在美莎的公寓後院，已經是一個月後了，所以千郎用了一個月的時間，從墨市走到這裏。

露娜一家看來是駕着私家車來這裏的，所以千郎可以追蹤着車子的氣味找到這個小鎮。又或者狗狗其實有着人類所不知道的超能力，讓千郎可以來到這裏尋找主人。

千郎從墨市走到這裏，一直沒吃東西，所以來到美莎的公寓時，才會餓得動不了。

所有謎團終於解開了，可是，還有一個問題有待解決。

露娜現在住在公寓裏，不能養狗，送牠回原本的家，又怕牠再次離家出走，而且露娜也不想再與千郎分開，所以她請求爸媽搬去可以養狗的獨立房子。不過，在找到新家之前，要把千郎放在哪裏寄養才好呢？

「寄養的話，其實我家可以幫忙啊。」

說這句話的，是阿猛。

「我家有之前三太留下的狗屋，又有食盤等狗狗用具。」

就這樣，千郎就決定寄

養在阿猛家，直至露娜一家找到新的房子為止。

露娜每天一放學，就會到阿猛家跟千郎一起玩到黃昏。森仔他們也每天一起去玩，最近，連晴心也開始敢摸千郎了。

後記

大家覺得《學生神探森仔》好看嗎？森仔的推理能力真的太厲害了。而他的秘密，看來就藏在那條天藍色的毛巾手帕上。

其實，我家大兒子嬰兒時期也很喜歡咬着毛巾被子的被角，直至幼稚園還捨不得那張被子。而大女兒晚上睡覺的時候，也愛抱着毛公仔，咬着它的前腿入睡。

說起來，在《史努比》動畫裏，查里·布朗

也總是抱着一張被子。說不定，大家也有着類似的回憶。

接下來，森仔將會繼續發揮他的推理能力，解決各種事件。

在下一期，森仔即將要解讀神秘人寄給他的加密信。

我們在下期《學生神探森仔②暗號人的加密信》再見！

那須正幹

二〇二〇年八月

作者簡介

那須 正幹

出生於廣島縣，創作過暢銷兒童書《犀利三人組》系列全 50 冊（日本兒童文學者協會獎特別獎 / POPLAR 社）等超過二百本書籍。主要作品有《看圖讀廣島原爆》（產經兒童出版文化獎 / 福音館書店）、《犀利三人組之 BACK TO THE FUTURE》（野間兒童文藝獎 / POPLAR 社）等，並獲 JXTG 兒童文化獎、巖谷小波文藝獎等多個獎項。

繪者簡介

秦 好史郎

出生於兵庫縣，活躍於不同範疇。除繪本外，還參與插圖、書籍設計等不同類型的工作。繪本作品有《阿熊與阿仁的學習繪本》系列（POPLAR 社）、《爸爸，再來一次》系列（ALICE 館）、《夏季的一天》（偕成社）、《去抓蟲子吧！》（HOLP 出版）、《星期天的森林》（HAPPY OWL 社）、《大雨嘩啦嘩啦》（作：大成由子 / 講談社）等等。

學生神探森仔①

名偵探在身邊

作　　者：那須 正幹
繪　　者：秦 好史郎
翻　　譯：HN
責任編輯：張斐然
美術設計：張思婷
出　　版：新雅文化事業有限公司
香港英皇道 499 號北角工業大廈 18 樓
電話：(852) 2138 7998
傳真：(852) 2597 4003
網址：http://www.sunya.com.hk
電郵：marketing@sunya.com.hk
發　　行：香港聯合書刊物流有限公司
香港荃灣德士古道 220-248 號荃灣工業中心 16 樓
電話：(852) 2150 2100
傳真：(852) 2407 3062
電郵：info@suplogistics.com.hk
印　　刷：中華商務彩色印刷有限公司
香港新界大埔汀麗路 36 號
版　　次：二〇二二年三月初版

ISBN: 978-962-08-7940-1
Meitantei Sam-kun

18/F, North Point Industrial Building, 499 King's Road, Hong Kong
Published in Hong Kong, China
Printed in China